归隐者的告白

刘思辰◎著

的

告白

辽宁人民出版社

© 刘思辰　2025

图书在版编目（CIP）数据

归隐者的告白 / 刘思辰著. -- 沈阳：辽宁人民出
版社，2025. 3. -- ISBN 978-7-205-11450-3

Ⅰ. I227

中国国家版本馆CIP数据核字第2025Q5T995号

出版发行：辽宁人民出版社
　　　　　地址：沈阳市和平区十一纬路25号　邮编：110003
　　　　　电话：024-23284313　邮箱：ln_editor4313@126.com
　　　　　http://www.lnpph.com.cn
印　　刷：辽宁新华印务有限公司
幅面尺寸：145mm×210mm
印　　张：5.375
字　　数：105千字
出版时间：2025年3月第1版
印刷时间：2025年3月第1次印刷
责任编辑：郭　健　张婷婷
封面插图：邱晓明
装帧设计：G-Design
责任校对：吴艳杰
书　　号：ISBN 978-7-205-11450-3
定　　价：89.00元

作者简介

刘思辰

女，辽宁省锦州市人。诗人，作家。中国诗歌学会会员，辽宁省作家协会会员，锦州市作家协会副主席。作品发表于《诗刊》《诗选刊》《延河》《四川文学》《现代青年》《鸭绿江》《名家名作》等报刊。作品入选《中国年度优秀诗歌2024卷》《中国诗人生日大典》等重要选本。有作品被译成俄文，入编中国首部《中俄新时代诗选——中俄文对照》诗集。

序

杨　克

　　我与刘思辰素昧平生，对她的人生轨迹和创作历程不甚了了，但她是中国诗歌学会会员，且我之前在网上读过她的诗，其中之一的品貌甚是喜欢：

那铺天盖地的凉
正笼罩在，老城的
上空

我捂紧，胸口的热
突然怀念起
二十八度的六月，和深秋里惹火的枫林

没有人知道
我心底，曾藏着一匹红色的马
它在溪边饮水，吻草尖上
升起的晨露

而后，便一头撞上了南山的墙

暮夜，我行走于冬的
雪渍
身体里，住满了月光的清柔
眉心处，还依稀可见庄周
清醒的蝴蝶

　　从诗的语言、美感、断句，我觉得其作品的艺术品质是可以信赖的，诗人具有一定的文学造诣，还展现出以心灵和自然为依归的精神追求，中国文化的精髓也暗含其间，故而乐意为之作序。仅从她的简介，得知她在《诗刊》《诗选刊》《四川文学》等发过诗歌，在其生活的辽宁省的《鸭绿江》《海燕》等省内刊物也都有作品，还曾有诗被译成俄文。中国传统文化的熏陶使得她的诗歌不仅关注自然，还深入探讨生命的本质、时间的流逝和宇宙的奥秘。她的诗歌风格唯美、古典，可以感受到中国古诗的韵味，同时具备了个人性。

　　"归隐者的告白"这一书名本身便蕴含了诗人对自我生活方式的反思以及对生命真谛的追问。"归隐"不是单纯的逃避，而是对世俗生活的一种超然态度。通过"告白"这一形式，她表露出对内心世界的诚实，也显现出对生活的感悟和对真实自我的坚持。这种"归隐"不仅仅是一种地理上的退隐，更是诗人对精神世界的回归和对内在宁静的追求。通过这样的书名，她似乎在引导读者深入思考，如何在浮华喧嚣的世界中找到属于自己的精神家园，如何在生活的各种压力中保持自我、追求内心的和谐。

《归隐者的告白》精选了诗人一百三十六首原创作品，据说是从她创作的上千首中挑出来的。分为四个小辑——"撞见一场花朵的重生""路过人间""火中寻冰""归隐者的告白"——如同诗人内心探索的四个阶段，分别对应着自然的复苏、世俗的阅历、矛盾的挣扎和最后的宁静。诗人在自然中找到对生命的隐喻，在生活的起伏中追寻自我，试图在困境和挣扎中找到平衡和清醒。这些篇章不仅揭示出她对人生的思索，更反映出她对宇宙万物的关怀和细察。刘思辰通过这些诗篇展现出一种从容的姿态，她并不抗拒生活中的困境，而是以一种宁静的心态与之共处，探索出生命的力量与韧性。

刘思辰的诗歌追求唯美的表达、诗意与人类情感共鸣。她擅长以古典韵味和自然的意象将美学和哲思融合在一起，使她的作品不仅富有视觉的享受，更能引发读者对生活与存在的思考。她的作品在字词精雕细琢的同时，又展现出一种自然流露的情感，仿佛在字里行间传达一种宁静和从容的生活态度。这种诗风使得她的作品带有独特的精神气质，与她"归隐者"的定位相得益彰。

刘思辰在创作上有其特色，她的诗篇幅比较短小，善于运用古典诗意和国风韵味，将现代生活中的现实与古意表达结合起来。例如，在《撞见一场花朵的重生》中，她借助花朵的重生隐喻生命的轮回和自我觉醒，将自然中的细节和生命的本质结合起来，呈现出一种生命的顽强与美丽。而在《归隐者的告白》一诗中，她通过对"归隐"这一人生态度的探讨，表达出一种内心的宁静与对抗世俗压力的勇气。这种"归隐"并非躲避，而是对社会矛盾的自我调节和对内心世界的深入探索，以心为镜，随心观物，呈现出一种与天地万物和谐共生的生活态度。

在写作手法上，刘思辰的诗作具有画面感和象征性。她善于运用细腻的描写和富有表现力的比喻，将情感与自然景物融为一体。例如，她用"花朵的头颅"象征生命的热烈，又用"焚了虚假的颜色"表达人对真实与本质的追求。这样的比喻，使诗歌充满生动的视觉冲击力。

刘思辰的诗歌语言追求凝练和唯美，她以简洁的语言勾勒出复杂的情感和较深的意境。《唤醒》一诗中，她用"清泉""皓月"象征内心的纯净与追求，通过简短的几句描述，传达出对尘世中清醒自持的渴望和独立的生命姿态。她的诗在字里行间流露出一种内在的自由，仿佛在用一场文学的修行来实现自我的超越和精神的升华。

从境界来看，刘思辰的诗歌显现出一种超越现实的哲思。她并非单纯地描写美，而是在美中寻求一种对生命的理解与释然。例如在《遇见一条春天的小蛇》一诗中，她通过小蛇冬眠初醒的场景，象征了人对生命的渴望与觉醒。这种象征性的语言，融合了对时间的深思、对生命力的赞美以及对存在的探寻。

此外，刘思辰的诗中充满对时间和历史的反思，她将时间流逝的痕迹融入诗中，展现出一种既静谧又激昂的美。例如在《失眠》中，诗人描写"时间的河底还躺着我们不慎遗落的月亮"，赋予时间一种静止的质感，同时也蕴含着对过去的怀念和对未来的期盼。这样的诗句不仅带来画面的震撼，更通过对细微情感的描摹，引发出人们对时间无情流逝的感慨与对美好瞬间的珍视。

我们可进一步更为详尽具体地讨论她的诗作，譬如她多次在诗的结尾运用蝴蝶的意象：

大雨过后，春天的辉煌
像旧了的鸟窝
被空放在时间的枝丫上，
自由潮湿

我打量一眼天空，
它的蔚蓝，似乎藏着一丝
不易被察觉的愧疚

我的窗外有棵老杏树，
正用年迈的筋骨，在枝头抽出
一颗颗青灯似的小杏

几只蜜蜂，绕过山楂花的白

打量一株红槐的高度

万物，似乎都在期待

一场更大的雨

来成就生命里质地的饱满

而春天的尸骸，踉跄着

跌回我的心脏

割破，眼前那只蝴蝶的动脉

——《暮春之蝶》

此诗通过细腻的景物描写和象征手法，捕捉了春天由盛转衰的瞬间，展现出一种哀婉的自然循环之美。诗中借暮春的景象，暗喻生命在消逝与重生中的挣扎与变迁。开篇"大雨过后，春天的辉煌／像旧了的鸟窝／被空放在时间的枝丫上，自由潮湿"这一段，以"鸟窝"喻指春天的荣光已如过眼云烟，带有某种空寂与失落的意味。雨水过后，一切仿佛被时间遗忘，留下的是潮湿的自由。这里，春天既是一个消逝的时间，也是一个情绪的寄托，突显出一种虚无与淡淡的哀愁。接下来"我打量一眼天空，／它的蔚蓝，似乎藏着一丝／不易被察觉的愧疚"，天空的蓝色被赋予了"愧疚"这一情感，使自然景象具有人格化的色彩，似乎是对自己无力挽留春天的歉疚。这种描写显得更加复杂和富有层次。"老杏树"用年迈的枝干抽出"小杏"，象征着在衰老中的新生之意。

蜜蜂飞舞在红槐与山楂花之间，似乎在丈量生命的高度，这一场景洋溢着生命的活力，但同时又夹杂着一种不安与期待，仿佛在等待着更大的"雨"来充实生命的质地。这里的"雨"不仅象征自然中的新生力量，也隐喻着人们对更充实生命的渴望和追求。最后的结尾极具冲击力："而春天的尸骸，踉跄着／跌回我的心脏／割破，眼前那只蝴蝶的动脉"。这里的"春天的尸骸"将生命的流逝以具象化的形式呈现，与诗题中的"蝶"相呼应，赋予了蝴蝶一种脆弱的生命意象。蝴蝶的动脉被"割破"，象征着生命在追求完整与美好中的脆弱与无常，这不仅是一种对春天消逝的哀悼，也是一种对生命本质的反思。

不仅自然之物，如飞鸟、树、蝴蝶、红狐和驮水的马栩栩如生，写人的诗篇，也很出彩：

女人把一条天蓝色的围巾
裹在头上
一只手提着棉布的袋子，
另一只手抱着孩子
走进一片成熟的棉花地里
她把孩子放在地头，
袋子系在腰间

那大朵大朵雪白的棉花
像云一样

从她灵活的指尖飘进袋子

妈，你看那里也有棉花！
地头的孩子指着天空大喊
女人转过头，淌着汗珠的脸
仿佛开成一朵好看的棉花

然后又迅速低头干活，
并没有去看天空
她似乎一生都注定要与棉花纠缠
上天忘了给她，
与白云抒情的机会

——《采棉花的女人》

《采棉花的女人》细腻描绘了一个在棉花地里劳动的母亲形象，通过朴素的语言和真切的细节，表现了劳动女性的坚韧与无言的奉献，令人动容。诗中不仅展现了劳动场景的美丽，也揭示了劳动妇女在现实生活中的无奈与辛劳，透出一股温暖却略带悲凉的情感。

开篇便勾勒出女人的形象："女人把一条天蓝色的围巾裹在头上 / 一只手提着棉布的袋子，/ 另一只手抱着孩子"。这种打扮既实用又朴实，天蓝色的围巾赋予了这个劳动者一丝柔美的色彩。而孩子的存在，更让人感受到她作为母亲的角色，与棉花地里劳动者的身份交织在一起。这种形象立刻让人联想到那些为生活默默奋斗的母亲,她们肩负着工作和照顾孩子的双重责任。

在棉花地的描写中,诗人以"那大朵大朵雪白的棉花/像云一样/从她灵活的指尖飘进袋子"刻画出女人的动作之熟练。棉花像白云一般纯净和柔软,仿佛在这双灵巧的手中化作了生活的希望。然而,这一美好的意象却并没有将劳动的艰辛淡化,反而增添了一种无声的悲怆。女人将棉花放入袋子的姿势,既是她日常的劳动,也象征着她对生活的支撑与付出。

孩子的一句天真的呼喊"妈,你看那里也有棉花!"将诗意推向高潮。孩子指向天空的棉花(白云)充满童趣,表达了他对世界的纯真想象。然而女人却"迅速低头干活,并没有去看天空"。她的生活现实,决定了她无法像孩子般去畅想白云的自由,也无暇停下片刻享受抒情的浪漫。这一转折不仅突显了母亲的坚韧,也揭示了她与理想之间的距离,令人深感心酸。

结尾一句"上天忘了给她,与白云抒情的机会"意味深长。这里的"上天"象征命运,诗人用这种对比揭示了劳动妇女注定被现实束缚在地面,无法像白云般飘然自在。这种对命运的无奈与抗争,使得劳动妇女的形象越发崇高且令人敬重。

《采棉花的女人》之优异在于其对细节的敏锐捕捉和情感的层层递进。整首诗没有多余的修饰,却字字含情,直击人心,使读者不仅看到了劳动的美丽,更感受到她们背后承载的沉重和韧性。这样的诗歌语言直白却饱含力量，塑造的女性劳动者的形象鲜明而深刻。

若隐若现的爱情，贯穿刘思辰的整本诗集，流动在许多诗篇中，却不落不少女诗人的情诗的俗套，我们再看这首《鱼骨的爱》：

亲爱的，我想成为一条鱼的骨骼
穿过海的咸，越过风的寒

任岁月的锉刀把我打磨成
一个绝版的吊坠
用赤红的皮绳系好，
悬于贴近你心脏的地方

我的生命里住着海水的蓝，
灵魂中燃透火焰的红
它们激烈对峙，互不相让
让我在水深火热之中徒劳半生，
只打捞出一碗纯粹的白

嘘！等风声入海，桃红满枝
我要碾碎往生的脉络，
请明月照一场声势浩大的白头，
昭昭予你

　　这是一首情感浓烈、意象丰富的诗，通过对鱼骨的意象刻画，表达了爱情中的坚韧、矛盾和奉献。显得独特而大胆，诗歌弥漫着一种温柔而壮烈的氛围。

　　开篇以"亲爱的，我想成为一条鱼的骨骼"设下基调，将自身比喻为鱼骨，既带有脆弱又象征着坚硬的内核。鱼骨穿越海的咸味和风的寒冷，隐喻着爱的历程中经历的艰辛与磨砺。"任岁月的锉刀把我打磨成 / 一个绝版的吊坠 / 用赤红的皮绳系好，/ 悬于贴近你心脏的地方"这一段充满了象征意义。岁月的锉刀将鱼骨磨成吊坠，象征着爱在时间中被精雕细琢，最终成为一种绝版的存在，唯一而珍贵。赤红的皮绳将吊坠系于心脏附近，表现了爱人在彼此生命中的亲密依附与渴望相互温暖。这种身体与心灵的贴近，赋予了爱情一种深切的归属感。

　　诗中"我的生命里住着海水的蓝，灵魂中燃透火焰的红 / 它们激烈对峙，互不相让"用蓝色和红色的对比，形象地呈现出诗人内心的矛盾与挣扎。海水的蓝象征平静、深沉的情感，而火焰的红则象征激情、炙热的爱意。这两者在内心激烈碰撞，互不妥协，展现出爱情中既柔和又炽烈的两面，使得诗歌的情感更加复杂和深厚。

　　接着"让我在水深火热之中徒劳半生，/ 只打捞出一碗纯粹的白"，这里的"白"象征一种纯粹无瑕的爱，是经历了种种磨砺后的情感精华。尽管充满徒劳的感觉，但这一份白却是心灵的净化。

　　结尾"嘘！等风声入海，桃红满枝 / 我要碾碎往生的脉络，/请明月照一场声势浩大的白头，/昭昭予你"，诗人请明月见证一场"声势浩大的白头"，这是对长久厮守的期待，是爱情至死不渝的诺言。

总体而言，刘思辰的诗写得还是不错的，惜在辽宁的作者中却没有那么凸显。在当今这个"事实的诗意"横行的时代，诗歌似乎被不断拉回到一种简洁、直接的表达中，以应对瞬息万变的现代节奏和日常生活的压力。然而，正因这种"事实"带来的重重限制，抒情的诗意品质才更显必要，成为一种灵魂的慰藉和心灵的滋养。

这种抒情的力量不仅在美学上带来享受，而且使读者能够暂时脱离"事实"的束缚，进入一个纯粹的情感空间，它成了一种必需的抵抗，为人们的生活增添柔情和深度。这些既具有古典美感，又充满哲理性的作品，使她的诗歌展现出别有的韵味，语言简练而不失韵致，成为读者心灵深处的慰藉与启发。是为序。

作者系中国作家协会主席团委员、中国诗歌学会会长

2024 年 11 月 3 日

目 录

归隐者的告白

第二辑
路过人间

第四辑
**归隐者的
告白**

第一辑　撞见一场花朵的重生

撞见一场花朵的重生

我知道，蝴蝶遇见了庄子
是它离开花朵的一个借口
它想要嗜血的缠绵，
亦想要人间任性的轻盈

花朵的心事无人能解，
唯有四海八荒那场潮湿的雨
点点滴滴，误闯了
它眉间心上，落雪的平仄

晌午的太阳，是炙热的火焰
不慌不忙，点燃
一万朵花的头颅
然后站在空中对神明说，焚了
这一切虚假的颜色吧！

雨后，南山的春天
铺满新鲜空气
淡绿色的清风吹过浮云，天边
一架彩虹流淌七色之光
我仿佛撞见了，
一场花朵的重生

唤醒

我的窗内，
有阑珊的书香
窗，紧闭着
它们无法邂逅新鲜的春天

眸光流转，千余载
风云变幻的沧桑
一万本卷帙浩繁的世界
铅墨，垒出
高过春天的繁花胜卷

尘世的芜杂中，
我孤独着清醒
想引一泓皓月里的清泉，
涤净荒凉
唤醒，玲珑三千的万物
得一以生

遇见一条春天的小蛇

我从一朵花的断裂中，
感知光阴虚度后的颓废
那无数金银，开不出
夜幕的流华和灵魂的静空

一条冬眠初醒的小蛇，
穿行在春天的雨后
它蹚过盈盈泛青的草，
迎着绕山十里的风
只为寻一朵梦里的落花

深海阿卡的红，云盖寺松石的蓝
缅矿铁龙生的绿……
嘿，这些人间珍宝的美色哟
竟皆不如它阳光下迷人的金黄

我想我与它一样，
总是向往太阳的光芒万丈，
却从不会把月亮的温柔遗忘

失眠

梦里有一大群绵羊
起初我以为是成垛的白云，
无人放养
流落到人间的夜啃食无味的荒凉

此刻我是牧云的人
我想起了你，
想起时间的河底
还躺着我们不慎遗落的月亮

我不去打捞，
只待它自然苏醒
明亮极致的静，
仿佛暗夜里无辜的罪过
有种令人向死而生的冲动

你说我模仿神明的样子很美
如同一只雪白的鸽子扇动翅膀
掸落天边一众细小的星子，
奔赴若干个前世的故乡

眼底的海

我被困在人间的躯壳里，
乐得其所
我想我的眼睛足以安放得下
这世上所有的海洋

天空在我面前从不肯睡去
因为我只需一眼，
就可以望到它的尽头，拆穿
它用风雨雷电遮掩的种种阴谋

如果生命，注定是若干场
春秋的轮回
那么我愿饮满今生的辛辣，
跳进一些山谷零散的裂缝

然后撕下四百亿张累世的旧历
放开眼底的海，还这世间
无际的汪洋

飞过的地方

需要几声鸟啼，打破
春的沉寂
允许流水潺潺，清风
唤醒花山鸟道的羊肠九曲

人间，屋宇如鱼
我的灵魂，在每一世
不同的躯壳里重生
吐出一个个湿了又干的日子

把一万颗星辰掬于掌心，
用落霜的梦喂养月光
缱绻的爱模仿云朵的姿态，
穿行风道
飞过的地方都是天空

把灵魂种进春天

太阳轻吻江面，辞别
激情的人间
随行的云，听了太多
耳红心跳的情事
羞成一片惊涛骇浪的绯红

春风，拥抱过几株
玉兰的花苞后悄然离去
酝酿了一场醉魂酥骨的繁华
野草的头颅，在风起时
纷纷低垂
我听见它们内心有高亢的呐喊

扭不动四季更迭的乾坤，
改不了周而复始的轮回
我只把灵魂化成一颗种子的模样
种进春天
让青绿的骨缝里花开成海，
相思成灾

春天熄灭又燃起

走出家门，向右拐了三个弯
一条山径曲折，
如春天里青幽的小蛇

顽皮的风，在荒野里
打了个滚儿
携南山万顷的花香，灌满
我的心肺

桃李，丁香，广玉兰，松月樱……
我知道那万川之上的春色，
正欲悄然离场

雨后的矮河谷，盈盈的春水
接住一些花朵的碎片
阳光用细小的金线织出一条路
许它们远行

春天经常被熄灭又燃起，
我乘快马，跨山越海
迎接一场与你相拥而泣的热恋

安放

不过是向你讨还一个春天
什么青梅酒，桃花酿，
暧昧的河床……
都是我醉卧红尘，与你
撕扯一缕执念的借口

我穿一件宋代的青罗裙，
眉眼，极致温情
隔世的梦里我们聚拢，又散开
留下秋水长天的相思

我今生的爱情颠沛流离，
却笃定你胸前第二颗纽扣上
尚有，我发丝打结的痕迹

今夜繁星点点，我们或许与地老天荒
只差了半束月光
而我不过是向你讨还一个春天，
安放那颗被纵火的芳心

暮春之蝶

大雨过后，春天的辉煌
像旧了的鸟窝
被空放在时间的枝丫上，
自由潮湿

我打量一眼天空，
它的蔚蓝，似乎藏着一丝
不易被察觉的愧疚

我的窗外有棵老杏树，
正用年迈的筋骨，在枝头抽出
一颗颗青灯似的小杏
几只蜜蜂，绕过山楂花的白
打量一株红槐的高度

万物，似乎都在期待
一场更大的雨
来成就生命里质地的饱满
而春天的尸骸，踉跄着
跌回我的心脏
割破，眼前那只蝴蝶的动脉

卖荷花的女人

卖荷花的女人，身上
散发出淡淡的荷香
她的目光里，
有穿过荷塘的风的力量

她见过，晨曦中
铺天盖地的碧绿和粉紫
在风里翻滚
也懂得如何将成熟的莲子，
破壳，催芽，种植……

她曾无数次，穿过
那片命里的荷塘，满身泥浆
灵魂深处，或许早已浸满
荷花的寂静与幽香

此刻她一边弯腰拿起一束荷花
娴熟地剪去多余的根茎
一边调侃有些人会适合远行，
而有些人只适合卖花

当我从她手里，
接过那束修剪好的荷花时
她嘴角微扬，刚好
形成一片荷花瓣的弧度

驮水的马

托一匹马，驮来
一整个夏天的雨水
失恋的鱼儿拒绝在水里寻欢
多像一个正直的诗人，
短暂失去了斟词酌句的能力

这世间的真相刻满心酸，
我需要在一只蝴蝶的触须里，
寻找风铃草的清香

走进南山，驮水的马儿
刚好经过明亮的矮河谷
这时候蝉鸣四起，
轻松撑开了夏天的身体

替夏天疗愈的人

灵魂里，爬满了
一些仲夏该有的文字
我无暇整理

托晚风把它们送给多情的落日
压成一幅好看的画，
挂在城市里天空的一隅

光阴是个拥有双重性格的老人
一面向往热烈的绚烂，
一面安于粗浅的平淡

我的梦不醒，站在余晖中
看着篱笆的影子
略微感知一下秋日的某朵陶菊
会在哪个缝隙里爬出

太阳从不说话，它允许一切发生
包括丑陋和虚假
也包括丑陋后的真实
和虚假中的美好

可惜我不是太阳，我做不到
太多付出不计回报
我看到夏天正拖着长长的伤口，
举出一朵赤红的蔷薇作酬金
等我用一些浩渺的文字，替它疗愈

五月青果

世人，喜欢用
旁斜的眼睛，
铸成利刃
刺伤一颗颗青果的心脏

我昨夜的梦境泛光，迷人
忧伤一山迷雾，
半崖青果
谁在白鹤起飞的地方，吟诵洁白
惊醒过两排青山的爱情

我是五月里半熟的青果，
在等一场梅雨之后的剔透
那时层层叠叠的日光，
会给我衔来你的消息，
和仲夏的火热

我要学会的

我要学会淘净风中的沙子，
从光阴里取出一抹黄昏
涂抹在你必经的途中

我要学会与一只蝴蝶对话，
停在路边的向日葵下
弯一百七十度的腰，看蚂蚁忙碌

我要学会轻声细语，
与一场落日和解
不去踩碎狗尾巴草的心脏，
再对着夜空大喊，芝麻开门

我学会的还不只这些，
凌晨的时候，我窥见一株牵牛花
爬上窗前的老树
冲着它们轻吹一口气，天就亮了

夏天

夏天，甘赴一场
以爱为名的沦陷
内心盛满滚烫的真诚
把春天的美，聚拢，点成一片
滂沱的绚烂

多像一个明眸的少女，
跳上马背
驰骋在雨中的旷野
听不清，花朵们藏在暮色里
浩瀚的哭诉

夏天怀揣太阳的爆裂，扫荡
一切春天未满的绿
引导鸟儿出笼，灵魂泅渡
许金银花的头颅低吻野草

夏天以时光之眼，戏耍
文字里斑驳的碎片
笑我种在春天的爱太过辉煌，
可预谋，躲进一方绿肥红瘦里
闲数光阴

在夏天敞开的胸前画出鸢尾

五月的大地，
被摘走了春天
如同母亲的子宫，被摘走了
曾经的我

走在万般皆苦的人间，
我取下累世修来的宁静
自渡轮回

历史的厚重，文字的翻腾
此刻都成了我灵魂之海里的小舟

渤海湾的风，清柔
我蘸着它们干净的蓝，
在夏天敞开的胸前画出鸢尾

然后一朵朵，
钉在象牙白的墙上

海棠

一朵海棠在夜里哭诉
它说它被飓风，
生剖出血色的胸膛
在人间抽丝剥茧的痛，
远甚于十倍的死亡

世人的颂歌，高雅地吊着
在辉煌的夏日里显得冰冷而荒诞
它借迂回的风叩拜天空，
把一腔赤红，几亩偏犟，悉数
摔回命运的高台

我举起枯瘦的笔，想蘸取
它几分美色
洇浸世间芜杂的雾野
它说爱上了我舌尖的软玉，
仅凭月下，与我一场
猖狂的耳鬓厮磨
就足以让它摒弃，一千个
落拓的春季

呐喊

我不惧把人生摔得粉碎
不惧一路高歌迎接死亡

这人间的色彩震耳欲聋，
我要站在一座亮着灯的高塔上
窥望八千里山河的璀璨

纷繁中，我骄傲地醒着
然后再微笑着沉睡
梦里曾邂逅一轮鹅黄色的月亮

我学会与夜空倾诉时光，
让肆意的悲喜汇成浩瀚的海洋
不介意夜晚的星光，
给它镀上一层薄薄的金子

南山有无数鲜灼的圆满，
在暮春死去
它们都曾出身名门，
不愿再与红尘撕扯执念

如果终是一场炙热的融化，
请把我放到一滴露珠里去吧
在与太阳会晤前，
我要坐在一樽剔透中
看春华长出秋实，夏蝉埋进冬雪

红狐玉坠

隔着一层透明的玻璃，
我窥见一只红狐在熟睡
它梦里，允许
我以一个诗人的身份
赐它人间三十六度半的真诚

它说它已离开青丘许久
曾凝视深渊，有过千载的修炼
也曾贪慕花事，爱上过
红尘里的王

如今千秋已过，
它在时空交错的梦里
褪下华服，抽出仙骨
那半笑炫秋的红颜，终是没能
换来一场人间的白头

我掬红狐在掌心，仔细打量
它熟睡时的模样
一声叹息，穿越了
千年遍野的绿林

穿衣镜

每个清晨都与你谋面，
却不拥抱
你从虚幻中掏出另一个我，
在许多个睡眼惺忪里斟满星光

我的门很薄，能听见
春天走过去的脚步声逐渐微弱
太阳穿透窗户，
在我光洁的额头嵌入一束光

百折不挠的南山啊，陆续
托举出三月的绯红，
四月的荼蘼，五月的红槐林……
我在素白的信笺上写过的诗句，
漫天飞舞

转回身，抚摸你冰冷的骨骼
发现我眼里的星光变瘦，
慢慢溢出一汪湛蓝色的海水

槐花雨

槐花，怀揣着庄重的高雅
带着木中之鬼的使命
从千百株槐树上坠落
那一颗颗被疾风摘下的头颅，
纷纷飞越南山，涌向大地
完成了一场铺天盖地的壮举

我迎着槐花落下来的方向
敞开真诚的怀抱
宁愿被那万顷的香魂，
撞破衣襟，灌进血脉

夏天的急风里，会裹挟
一些凌乱的嫩叶
那些高雅的槐花，就随着一起
被埋进得一以盈的山谷

几只南山的黄雀，迎着风
为它们唱着短暂的离歌
人间所有烟云绚烂的良辰，
仿佛都会在猝不及防里遽然消失

黄昏时有一场雨，
我听见南山坡之北响起一阵
雷鸣般的呐喊，随后
天空抖落了一场漫天的经文

命里良辰

傍晚的风，吹过
女儿河的步行桥
桥面老旧，
像一张布满老年斑的长脸
横吊在斜阳里
与新漆过的亚蓝色护栏，
形成一眼可辨识的反差

垂钓者抛竿凝视，把目光
伸进河里九尺深的漩涡
几条周身赤黄的鱼儿
就一口咬住了死亡的麦粒儿
河水说它们并非死于贪婪，
而是死于七秒钟之后的孤寂

我略掉随风摇摆的苇草，
漂来荡去的浮萍
只见两只灰天鹅，引颈
望穿一片柚色的天空

迎面走来的小女孩，
举起一盏亮黄的小灯
我乍看，以为是某颗星星
陨落眼前
嘿，这命里的良辰

仲夏雨夜

晚上七点四十，天彻底黑掉
唉，这该死的仲夏雨夜
窗外没有灯光，没有行人
甚至没有一只路过的野狗

雨声，寂寞的雨声，
疲惫的雨声，跌跌撞撞
又没完没了的雨声……
是的，窗外只有雨声

可我心知肚明，再大的雨
也冲刷不走一场人间的罪孽
有一些文字被我捏在手里，
又摔在纸上
来来回回，肆意地蹂躏
令它们生不如死

窗前的老杏树，安静地站在雨里
我从窗口探出半个身子，窥见
它若隐若现的颤抖
此刻我多么需要一场飓风，
去狠狠掰断指过月亮的那根手指

嘿，这个时候雨停了
我发现青山早已横在北郭，
白水也在东城绕路
我的灵魂逃出陈年，升成
一抹浓重的绿

思念如云

六月，有许多浅色的思念
它们大都整洁干净
比如屋顶上排成鱼鳞状的瓦片，
豌豆藤上突然冒出的一朵喇叭花
草丛里碧绿圆眼的蚂蚱

我很佩服思念这种东西，
它可以让一闪而过的记忆
在某个时刻格外清晰
许我蘸着一小撮旧事，
轻松钦点被羽化过的时光

多年后，日子像光滑的鱼游走
我的骨头是硬的，梦是轻的
在人间浩瀚的烟火里，
竭尽捍卫一场最美的思念

天地有伟大的慷慨，
赐给世人天蓝水清
而我恰好在它们中间，
捡起一朵叫思念的云
那就在光阴里放一把椅子
坐在那儿，看它无数次上天入地
往返轮回

飞越天山之外的浩渺

我的灵魂，经常会在
盛夏来临的前夜灼痛不止
取下白日里所有青翠的丰盈
点燃一把慧明的火，
焚净体内多余的春天

站在一条湍急的河里摊开双臂
冲天的火光中，我窥见
一些明暗交错的脸

是的，没人能确定天山上的雪
最终会融化在哪条河流，
就像没人能见证每块雪白的石头里
是否都藏着滴血的赤红

一只翠鸟的身影划过水草，
青灰色的岸上有长腿的白鹤
在悠闲地踱步
大块大块月亮的清辉，
被涂抹在一片无垠的旷野
那里正是我扯地连天的前世故乡

我从一段时光流浪到另一段时光
始终无法看清，
精绝古城里绝世的脸
却敢用一百个辉煌的信念笃信，
魔鬼城里的飓风，
一定可以裹挟万顷的黄沙，
飞越天山之外的茫茫浩渺

长出阿凡达的蓝色耳朵

光阴太湿了，
我需要一根透明的柱子
来支撑香樟树的青翠，
野百合的忧思

披云踏雨的风，
吹灭一轮孤寂的月亮
携我体内的白鹤出逃，盘旋
在夜幕下低鸣

坐在人间漆黑的一隅，
用夜色，裹住
这场茫茫人世的荒凉

母亲的老旧木盆里，
新生了一朵粉脸儿的月季
在幽静的子时，散发出酷似覆盆子
与甜梅混合的新鲜果香

此时听见我的白鹤，正站在
一座无名的山丘上高歌
我伸出左手的食指，指了指
远处虚假的辉煌
头上缓慢长出一对阿凡达的
蓝色耳朵

渴望，宁静的幽远

我渴望，置身于旷野中冒险
不需要太宽大的行囊
但必须得长出仙人掌的满身荆棘，
去助长自己蓬勃的野心

我敬佩沙漠里的胡杨，向外
生长，向内索取
生而千年不倒，倒而千年不死
死而千年不腐……
用草木之躯见证楼兰，尼雅……
那些沙漠古城里不老的传说

我行走在昆仑墟之巅，垂首
凝视浩渺的三千弱水之渊深
仿佛看见我梦里慵懒的云朵，都
逐一跳回了今世的人间

哦，我的心是自然的一部分
如同仙人掌把根
深扎进荒漠的骨髓
胡杨树把头
高高扬向碧蓝色的苍穹
昆仑墟之巅所有颠簸滚动的云啊
终究会化成，闪亮而宁静的幽远

誓言

夏天的海，是醒着的
等你称来几斤天山的云
放逐海的中央，
惊醒午睡的鱼群

看它们吐着光洁的气泡，
把头探出海面
开始一段堂堂正正的思念

我躺在一片旧的海滩上，
寻找时光里魔神的影子
后羿之前的九个太阳，都被海水
从赤红逐一洗成了湛蓝

那九只三足的金乌鸟，
是否也曾翻过九十九座高山
蹚过九十九条大河
最后皈依东海的宁静？

此后经年，时光从东海的蓝
缓缓爬上天山的白
你说你今生内心的赤红，可洞穿
东海的誓言
胜过，任何一个
人间朝圣者的真诚

南山精灵

时间里，有盛大的空洞
足够所有的花朵，开上
云的肩膀

这一世，我是生在南山的精灵
魂魄里闪着月亮的光
唇齿间盈满百花的香

我在万物虚假的倒影里，
独自真实
白天痛饮山谷里甘洌的清泉
夜晚安睡老树上的三尺青藤

我一直想写一首诗给你，
写我衣襟带花，写你岁月风平
写这个荒凉的世上
终是无人生还，
却总是人来人往

第二辑　路过人间

半个月亮在人间

秋天的月亮，模仿
落叶的颜色
生出一抹柔软的微黄

我怀疑它曾背叛远古的辉煌
在某个人间的八月，
把半壶西风倒灌进刺痛的咽喉

此后万载它是亘古至今的春秋
五千年面若冰霜，
五千年沉默疗伤
一半在天上思念，
一半在人间团圆

我笃定它的微黄里，藏着
父亲拇指肚上的尼古丁
母亲北堂窗下的倭瓜花
还有它曾无数次，在人间
亲了又亲的桂花新娘

菩萨说

北普陀寺的门敞开着，
不拒绝，人间任何一个
虔诚的叩拜

磬声，萦绕在大雄宝殿的四周
有一束阳光，恰好
落在僧人捧着的半卷经书上
那些神秘的文字，瞬间明亮

菩萨说，天地赐给人间
海棠，秋色，残荷，倒影……
人类回应天地，
红墙，诗行，水墨，留白……

我闭上眼，双手合十
想起中秋的月亮，正踩着
层层叠叠的花瓣在夜里独行

菩萨又说，何必拜我！
庙宇，低于任何一个尘世的屋檐

一场夜雨之后

雨丝被风牵引着斜落
潜入大地的五脏六腑里开花
有一种相遇，注定
是场避无可避的粉身碎骨

熟睡的灵魂，
在滚动的雷声里
装聋作哑
充耳不闻时光的疼痛

执意打捞黎明的人，
心底孕育一束光
借尖锐的闪电扯开夜幕，
冲上云霄

天亮后，被夜雨洗过的曲桥
横卧清波
像一把被拉满的弓弦，
正对着天空

与月说

尘世百年，我与月亮
在今夜重逢
它说它从秦朝走到现在，
心随万境，无喜无悲
早已将春秋百骸，俱舍
东篱之下

我慨叹人间的苦，太过细密
发誓要把月圆夜的酒，
斟成秋水的绵长
再从荒野的风中，为月亮
取出满目的相思

往后余生，它可独坐
茫茫十方虚空之境
抛八万四千尘劳烦恼于秦云，
四相不扰

拯救

一朵紫色的小菊花儿
迎着萧瑟的风，不跪拜
它耸了耸单薄的肩，
高喊，来吧！
让我拯救这垂死的人间

此刻的风没了气势，
在山林里兜兜转转，若有若无
或上天，或入地……
低眉折腰，等候主人的旨意

黄昏时，小菊花儿
依然站在那与风对峙
太阳亲了亲它的脸，给它裹上
一件厚重的红外套

风走后，它眼巴巴
看着那些祈求过长寿的人
一个个变成了土丘
几片新鲜的落叶，覆上
曾经刻骨铭心的过往

生存

我把一些鸡冠、地草、
绣线菊的种子投进大地的心脏
秋阳说，这个季节不宜播种
不如暂且托鸟儿保管，静待
来年的春风

我知道种子一定哭泣过
在鸟儿的体内，在飞越了
千山万水后
那个远离故乡的春天

那时候，我希望有一场
沾衣的微雨
能像亲人一样，吻去
它们初生时新芽浮影的慌恐

随后，我听见种子们在心底
涌出一场磅礴的呼啸
暴露出强悍的生命之狂野

拓印

穿一件咖啡花的衬衫，
路过海边
看女人们织着渔网，
炊烟在根里缓缓掏出一把
洒满鱼香的日子，与海风对峙

打渔山，笊篱头……
是渤海湾一带若干小岛的乳名
我妈说她有两个乖巧的侄女
嫁到这里，二十年，三十年，
或者更多年……再没见过

我拢起被海风吹散的发丝，
遥望归航的渔船
见夕阳在船身与海面交会的地方
擦亮一束绚美的柔光
有某些东西，
仿佛被鲜活地拓印在那，
一万年再没动过

在大丽花旁抽烟的女子

在南方的时候,我见过一个女子
坐在木板楼的楼梯口抽烟
许久后,她起身
久久看着旁边盛开的大丽花

那绚丽的花瓣,多像透明的宝石
层层叠在一起
形成一个个饱满的王冠

这时有一只狗,摇着尾巴
在花茎下蹭来蹭去
女子低下头,狠狠地骂了它一句
又坐下接着抽烟

她吐出的烟圈,像一朵朵
巨大的大丽花
在空气中久久地飘浮着

预谋

坐在阴雨绵绵的傍晚，
与时间逆行
先生，那篱上被雨打湿的黄花
是你在光阴里捡起的诗句

东边那条山下的小路，
一直长到我去年的窗下
那儿开着大朵橙色的美人娇
周围余下的空地里，请你帮我种好
缠枝海棠的种子

破碎的露珠，浪费了
太多的笔墨
我预谋等天晴之后，
选一束上好的阳光，细细密密
扎透，这一整个秋天的颓败

看火车

那时候，总是要去看火车
火车有什么好看的呢?
是的，就是为了看火车
我曾在院子里的那面藤萝墙下
跑丢了鞋

尖锐的汽笛声一响，
无论当时在做什么，都要
从各自家里奔涌而出
去铁路边看那个威猛的怪兽，
如何在长窄的铁轨上走路

当火车喘着粗气离开的时候，
我觉得它已经老了
它是被我们一次次看老的

现在，我依旧会看火车
在站台上拉着那只黑色的皮箱
听火车的车轮流过铁轨的声音
看它由远而近，用回不去的远方
交换它的苍老

旅途

夜深了，秋天更深
月光故意腾出一大片空白，
留给黄花和瓦块的影子

风中摇曳的炙热，若有若无
我用低洼处的积水作镜子，
照见一个素面朝天的自己

他们说白马非马，尼姑
是女人做的
我在旅途中，听了
三遍《琵琶行》后
斜靠在座椅上，陷入梦境

醒来时，心底长满三千翠竹
佛主正端坐在对面，
问我何谓真如
我说我梦见瓦块都飞仙成虚无
郁郁的黄花，也无非般若

青岩寺

青岩寺的崖壁间，有一棵
碗口粗的老树
几朵发亮的云端坐在树尖上
如如不动，念念无生

穿长袍的僧人，从经文里
取出美人和白骨
走进树荫下的寂静
抬头，望着远处灰白色的天空

拜佛的人和驮水的驴，从中院
上云阶，进香殿，过抱曲关，
沿九道弯栈道，拾级而上

下山时，文殊院下的林子里
一群野猫，听惯了
寺庙里的晨钟暮鼓
正向过往的香客讲经说法

吻过双人石的西风，倏忽而去
卷走一众秋叶的悲欢

罗汉山下的小和尚，不打坐
只把瘦小的身体裹进宽大的僧袍
站在高大的恋人松下，听鸟鸣
努力回想自己前世的过往

殉葬

入夜，月亮
从天鹅桥上绕过来
这时候众星醒着
我听见，子在川上轻曰
逝者如斯夫

长长的街上，睡满树的影子
深浅不一
没有人，去踩疼它们
沉默的灵魂

风起时，我的诗写到了
最后一行
几片叶子，踉跄落下
为这个秋天殉葬，不舍昼夜

蜕变

有一些遍体鳞伤的故事，
是用来供养的

我希望我今生的名字
不曾在以后，
任何一个人间被唤起
骨缝里缺失的那部分遗憾
只允许山宁去填补

哦，那时我看不见你
以及你在人间，
每一个七月的影子
那时我已告别疲于奔命的蚂蚁
和残破的红

小丑鱼的远行

我是一条肉肉的小丑鱼，
有黑黑的眼睛，
却从没见过光芒四射的宫殿

你说远行吧，游进那个
神秘的虚无
我在水里探出头，东张西望
寻找月亮的慈祥

是的，我是月亮的孩子
这么多年她一直照着我，
我要与她打个招呼再去远行

可这个时候，海面上的风浪
挡住了月亮的脸
日子乔装成雨水，一次次
敲打我光滑细腻的鳞片

静待一场春风

我看见一整条河的水流，
都淌进了冬天
它们一言不发，
在风的恐吓下变成了哑巴

放了荒的魂魄炊烟袅袅
失白的案前经书一卷
活着的人，还在为苦短的岁月
马不停蹄

我目送青山远去，飞鸟入林
眼里的秋月落了霜白
这具，寄居在
人间十二月里的皮囊啊
正告别昔日久居故里的枯木，
静待一场春风

路过人间

我在苦难的长河里，挥霍着
一些没完没了的日子

河水说，你柔骨酥面
为何甘心一身布衣于人群？
我说如你一样开心当下，
乐在盈时

河水轻叹，我也会经常
可耻地去思念一些鸟儿的羽毛
想把那些绝美的颜色，
印进我的呼吸

我闻言，沉默如石
仿佛看见那巨大的风光
正升成一缕烟，
路过这歪歪扭扭的人间

读你的信

一次次把手中紧握的笔，
抛进风里
让它去探一探春天的讯息

那夜里摇曳的炉火身姿婀娜
多像春风里多情的姑娘，
路过人间
当纯净的天空蓝出一汪清澈的水
她微笑着，娇羞成一朵
三月里的桃红

在挂满红豆的屋檐下，
读你的来信
相思的阀门肆意打开，
巫山，明月，青鸟，玫瑰……
这些美轮美奂的事物啊，使劲儿
把我的心揉了又揉

把一些美妙的诗句反复轻吟，
让它们在时光的平仄里跌宕起伏
裹着那颗喧腾的心，我久久而坐
待一砚新墨风干，
在半卷泛黄的经文里自圆其说

深吻，未曾谋面

在一个深吻中醒来，
一些横七竖八的想法，顷刻
涌出了花朵

哦，抵死不忘的理想
在冬夜丰满，又在白天憔悴
那些神秘的，不甘的，美好的……
多像一条条河，等我
去一一蹚过它们广袤的胸膛

强忍着刺骨之寒，我没入
河底的珠贝，仰起头
还未来得及与深吻我的爱人谋面
就被遣回了人间

月亮的菩萨

你的脸迷雾缭绕
时隐时现，我无需构想
因为我的字典里只有真实，
没有悔恨
即使揭下俗世的面纱，
也看不到眉间半缕浮云

我在夜里拾起一地月亮的碎片
一身傲骨，注定孤独
一个来自梦里的声音说，
你是我的月亮
我轻笑，你看那案前的香火明亮
卷上的经文不减

你是我的月亮，
而我是今生来度你的菩萨
你红尘悲欢几度，
都缘于我眼里点点的星辰

捕蝶人

溪水，把光阴洗了又洗
让云的白，月的白，山茶花的白
成为同一种白

先生，那天你闯进
我红色的房子
说我若以秋露为霜，你愿
春罗被径

你眸子里，有我
不忍触及的明亮
只恨我的诗中少了半亩花田
显得苍白，又寡淡

我屋内，燃着你撩起的炉火
桌上还有半盏未凉的茶
一只羸弱的蝴蝶在窗前乱飞
被你一把，揽入春天

别怕，我的爱人

别怕，如果没有向阳的坡地
我就在低洼处安身
抓紧一把泥土的黑，垒进
命里的高台

别怕，如果没有晶莹的雨露
我就在梦里寻它
坚定的信念在尘埃里发芽，
绽出绝美的花

别怕，如果失去了今生最好的年华
我就在来世等你
八百里加急的风，四万顷繁华的美
都是我们亭亭《诗经》里，
与子成说的佳话

让爱，尽人皆知

灵魂里的绿含着微光，
一片黄了的荷叶在水中禅卧
那四处漏风的躯体，
已难抵冬的刺白

江湖里的烟雨，漫过三丘
湿了我眼里的锋芒
于是那些怨气冲天的惆怅啊
明目张胆，攻城略地

人间大雾四起，我未见过
你眉眼中的星辰
也看不清石头上开出的花朵
那就点一把火吧
烧光这场大雾，
让我们的爱满城风雨，尽人皆知

一场深爱

北方的雪，落满了
我的花床
你捧出玫瑰的种子，
埋进我冰冷的骨缝

我身体，曾被汹涌的海浪卷起
碰撞过岸边的砾石
这让我习惯捂起伤口，
用淡淡的星光涂抹旧时疤痕

你耳朵里，时常住着
涓涓细流的轻歌
一些城外的野风，
吹了吹夕阳的橘红，逃离人间

荒芜的吻在被世俗碾压过的地方
缓缓升起，寻找春天
那接近窒息的掠夺，让我明白
一场深爱如同死亡

救赎

我们已经一个白天，
加一个整宿没有说话了
一日一夜凡一万三千五百息
你的影子，正满满当当
站在我的胸口

拨过去的电话被你果断摁掉，
仿佛凭空长出十万顷荒原的草
填满我的身体
慌乱中，需要借一首凄美的宋词
为眼角溢出的泪自证清白

这世上所有的西风雨，南归雁
都有它们自己的恋人
人间不管多么厚重的爱呀
或许最后都会始于东山的雷起，
沉匿北方的过往

哦，可是亲爱的
我的山野里，
生着你永远拔不尽的四合草
它们正等待一场夜晚的救赎
约几颗你眼里烁明的星星，
点亮万顷浓灰的绿

吞吐月亮

我吞了半个月亮，哽在喉间
张开嘴发不出半点声音
委屈的泪打湿了大片枕边的花巾

请允许我孤寂的灵魂，
在这个短暂的冬夜酣然入睡
我要去前朝的梦里，
寻我遗失千年的霞帔

那在时空里跌入尘埃的蓝蝶
梦里绯红，足下清风
他挥霍白日的光辉，
与我不期而遇

我问他可曾用过唐朝的金樽
和宋代的白瓷？
可知我霞帔满身乃是何年？
他吐气如兰，笑我俗物一枚

霞光里他翩然若仙，
在我额前轻吻
说已为我解了今生的相思
我转身把一缕清梦糅进
红尘的笔墨
黎明前轻咳，一束皎洁的月光
于喉间倾泻而出

赴死的吻

谁说过，有人落尘埃，
有人见星辰
或许正是那些上天入地的残缺
才拼凑了我们在世间完整的人生

草木萧疏，心海汐潮
时光借把红豆磨成粉，
涂抹冬夜寒墙
心底的冰焰不灭，暗许相思
爬上冷月的脊梁

我灵魂里的皎洁啊，
被一只夜空中独行的飞鸟，
穿破，叩拜神明无果

今夜不着边际的沉默，不清不楚
埋藏，暗夜里
那曾鲜活饱满的热吻
它们命如草芥，被飓风轻碾即碎
却在赴死的路上，狂笑不止

归隐者的告白

冬夜已凉，我梦犹新

那铺天盖地的凉
正笼罩在，老城的
上空

我捂紧，胸口的热
突然怀念起
二十八度的六月，和深秋里惹火的枫林

没有人知道
我心底，曾藏着一匹红色的马
它在溪边饮水，吻草尖上
升起的晨露
而后，便一头撞上了南山的墙

暮夜，我行走于冬的
雪渍
身体里，住满了月光的清柔
眉心处，还依稀可见庄周
清醒的蝴蝶

梦之蝶，归处

你舌尖上的理解，
在无意义地流淌
我要在孤灯下继续清欢
寻找那被人退还的孤独

欲偷走，前世遗留在
你胸膛里的颜色
涂抹在南山坡的石下，等它开花

直到我在梦里，见到
你派来的那只红鸟儿
向我道过了今生最虔诚的晚安

直到你在梦里，吻了三遍
我额前的相思
看雨中的蝴蝶，飞进
一丛雾色的森林

归隐者的告白

叩拜黎明

薅一缕浅云里的梦幻，
欲盖一生之糗
云说梦空，梦说云薄
后来下了一场人间的清雨

我的心在泥土里重生，
向你朝圣
渡百川，越千山

你说见不得我眼里炙热的火花，
于风中揽我入怀
我心底的寒，在你眉间
尽数消融

此后经年，我不再信仰月亮
只朝着结了痂的黎明叩拜，
一路磕着长头

一身赤红

梦里的山林失了火
火光冲天，
烧毁我一身的华袍

冬夜，我仓皇出逃
一只红尾巴的狐狸与我一路向北
问我可见过它失散的爱人

我手指前方庙宇，
让它去问殿前的三尊圣佛
佛主慈悲，赐众生
离苦得乐，一路随喜

多年后，我重返当年
失火的山林
林间的风，正重拾遗龙之书
我那一身赤红的华袍惊艳众生

去索马洛伊岛

到索马洛伊岛上去吧，
把时间扔在那座孤独的桥上
用雪山融化的河流，涤净灵魂

到索马洛伊岛上去吧，
日不落，极光，
一边装满赤目的红，
一边安放深邃的蓝

到索马洛伊岛上去吧，
慢一点啊，慢一点
那千年的冰山即将破碎
有一只鸟儿还没学会飞翔

到索马洛伊岛上去吧，
我沿着蜿蜒的小路，历经三生
徒步雪顶

今夜，繁星满怀

用双脚，丈量远山的巍峨
看人间百世的苍茫，
滋养出一万朵玫瑰的芬芳

月光下的土壤，总是背负不起
太多颠倒众生的黑白
就让那些彻夜不眠的东风
告诉它，人间的清梦
怎可压了星河的璀璨？

今夜之后，我要背对红尘
把一场浩大的苦厄，
埋进深沉的雪辙
掌心朝上，迎接一场光明的救赎
允许漫天的繁星，落我满怀

盛开

宇宙，拥有慷慨的智慧
在极黑的夜里，派苍凉的风
与我的耳朵平行，交会
御风而行的自由，
填补了我足下万千山河的裂缝

借三寸人间的利刃，斩风
我劈开一方聚拢的混沌
一个人独坐一座江心的孤岛
遥远的智者，
携来万顷的蓝番红花
植遍，我目之所及的荒野

它们拥有这世上深邃的蓝，
绰约的美
那靠近子房处的一抹靛紫
闪着星子般的光泽
引得蜷缩在红尘里的众生
惊叹，安拉！

遇见

你像四月末的阳光，
如此明朗，照进
宇宙里一些灰色调的事物
让它们漾出初始的本质，
呈现，一万种
鲜活且明亮的光泽

我相信这世间，
有一种遇见，藏着
心中不可言说的欢喜
可牵出晴空下，
万千云朵的笑声
让人间的一切阴霾与疲惫
在一束光里融化，
重组，雕琢，直至打磨出
彼此灵魂里镂空的山水

我们，
从未谋面
我们，
相识已久

第三辑　火中寻冰

火中寻冰

我昨夜梦里的烈焰，已熄
那些被炙烤过的空气和土壤
有缄默的灵魂
它们约好在天亮前褪去狂野，
嶙峋成永恒的深邃

我是在火中求生的草木
曾咬落牙齿，把身体蜷缩成
母亲子宫的形状
逐字逐句，在自己今生写过的
每一首诗里清醒

哦，妈妈！我想取出我那双
被埋进沙砾的眸
那里藏着世上最静谧的寒冰
它会让我感觉不到火的灼热
使我不再惧怕，
每一个活着的瞬间

月光下的夜鸟

我是一只驻立在
孤城上的夜鸟
心中装着永远茂荣的夏天

月亮，是母亲床头
牛油黄色的蜡烛，它整晚
向我透露皈依人间的秘密

它说天空的星光闪烁
像春日万千少女的爱情
她们把最美的花别在发间
然后静待一双灰皮鞋，轻踏
门前的石阶

哦，"人间"不过寥寥数笔
她却等了我千载
我还没来得及说我爱她
月亮，喃喃自语

沉默半晌，我离开孤城
侧身绕过一朵浮云的影子，展翅
朝着空中闪耀的群星飞去

流星梦

躲在一颗星星的梦里
漫天银色的蝴蝶翅膀，
是亿万年前，
不曾枯萎的水滴

我询问冰冷的风
这附近可有松软的泥土，
金色的沙？
银河会朝着哪个方向流淌？
它的岸边，是否也长着
紫色的香草和青葱的兰花？

风不说话，宇宙
充满死一般的沉寂
蝴蝶们纷纷卸下银色的翅膀
夜空，瞬间有种凝重的黑

黎明时，一颗流星划破天际
银河，缓慢流入人间的海底
我突然背对月亮，痛哭流涕
想起回家

父亲的日记

那些挂着砒霜的面包，
奇形怪状
引诱太多饥饿的人，尝试
用唇齿去贴近死亡的脸
可我不能，尽管我也很饿

这是我在变卖一个旧车库时
从一本残破的日记里，
淘出的文字……

哦，我的父亲
此刻你曾经吃过饭的碗，
还堂堂正正地摆在那儿
它与你下葬那天墓穴的形状，
多么相似

采棉花的女人

女人把一条天蓝色的围巾
裹在头上
一只手提着棉布的袋子，
另一只手抱着孩子

走进一片成熟的棉花地里
她把孩子放在地头，
袋子系在腰间

那大朵大朵雪白的棉花
像云一样
从她灵活的指尖飘进袋子

妈，你看那里也有棉花！
地头的孩子指着天空大喊
女人转过头，淌着汗珠的脸
仿佛开成一朵好看的棉花

然后又迅速低头干活，
并没有去看天空
她似乎一生都注定要与棉花纠缠
上天忘了给她，
与白云抒情的机会

案板

它允许锋利的刀刃
嵌入自己最深的皱纹
见证鲜活的鱼虾
咽下最后一口气

它把身体借给那些
鸡，猪，牛，羊……
做灵魂的墓碑
可它无法静坐于泥土
无法祭拜自己母树的亡灵

它的忍耐早已被刻进了
命运的骨髓
再也呼吸不到森林里
新鲜的空气

洪水来了

八月的大地，洪水来了
人们惊慌失措，舍掉
果树、家禽、沉睡的老屋……
四散奔逃

莫慌，快看啊，飞机！
我们有救了！
直升机盘旋在洪水猛兽之上，
昼夜打捞，一个个
被死亡舔舐过肩膀的生命

天晴后，人们看清军机里的人
都长着同一张坚毅的脸
他们眼底闪出清澈的光，
驱散苦难

秋阳下，紫薇花睁开了眼
从浸透雨水的灵魂里，抽出
摇曳生姿的影子
正打造一场，倔犟的明媚

等候

洪水之后，时光深处的云
仿佛在山川的缝隙里，
爬过三秋
凝视，人间悄然而至的萧瑟

傍晚的天空，有一些醒目的赤红
无法凝固
它们说苦难无需一直承受
死亡，也并非永远的逃避

等神明寻找一根合适的针吧！
去缝补大地的伤口

夜里，几只麻雀在屋檐上拥吻
它们见证了黑龙行雨的洪水，
终究冲不毁庭院苍苔上的月影

万物，似乎都在经历一场
生死浩劫后，大口喘着粗气
正对着青绿色的长空，
等候，邂逅这个秋天浓烈的美

挂在窗前的金子

我妈在佛前磕了三个头
每一次额头碰到地板上的时候
都发出"咚"的一声

抬起头，她凝视着白瓷观音的脸
跪在那儿久久不动
直到眼前的三个香头，现出
一个明亮的"心"形

雨后的窗玻璃上，滚落
一串明亮的水珠
闪出某种好看的光，一晃就不见了
有点像我妈三十岁时眼里的光

哦，我有点怀疑
她曾掏空眼底的金子
托菩萨一直挂在我家的窗前

妹妹是花，我是草

小时候，你长得比我好看
大人们说你像花，我像草
我不服气地疯长
想长成一棵树，顶破天穹

后来，我说我像李白
曾在某世摸过九万里之上的云
你说那里的云湿漉漉，
难怪我着了一身"诗气"

再后来，我说我像东坡
曾把一蓑烟雨埋进过世间的谷底
你说我若为轼，
你甘做我身后的辙，不离不弃

如今，我说我不像李白
也不像东坡
终于我还是没能长成树的模样
我说你是花，我还做你身边的草
挺好

写诗

我写诗的时候，万物
都在纸下雀跃，
只待我用笔尖唤出某一个名字
去填补空荡的人间

这个世界荒芜得可怕，
而主角，永远玄在无形的太极
雨，敲打树木、屋脊、苦难……
落日，还回一万个深吻

西风有宽大的衣袖，
拂出半城秋天的明艳
很庆幸，我的嘴唇
没有因说过太多谦卑的话
而变得菲薄

痴痴望着雨后的南山，
看一匹红马奔跑着撞进云雾
我抱紧双臂，用活着
铸一层厚茧，裹紧灵魂里的冷

以爱谋生

那些遗落的诗句，
像无人认领的孩子，被弃在
流年的一角

秋天的傍晚，
你在时光的河边驻足
把它们逐行打捞
湿漉漉，泛着光泽
那是一些灵魂深处的天然原钻

在你之前，它们不知道
河床的亚麻色
也可以结成落日的橘红
你一一唤出，
那些被放逐荒野的名字
它们闪啊闪，跳跃着

那一瞥醉目的惊鸿，
瞬间墨染星辰云水的相思
云天，收尽夏色
木叶动过的秋声也已变白

人间若以浅喜拟苍狗，
那么我愿做一块南山的云石
在这红尘永世的
长风里，以爱谋生

秋日遐想

看秋阳，从屋檐上滑落
跌入湖水的记忆
一些散碎的心思，
瞬间便着上了金色

落花的痛，扰不乱筋脉
那积满灰尘的构想
风一来，便付了东流

我若临水照花，君可携手夕阳？
清茶淡话，香粥可温
飞鸟与蝉鸣，亦难再扰我心

夜的星动摇了心湖的影子
闪啊闪！
瑰色的涟漪轻漾出窍，
一尾鱼儿与它欢笑

冷秋深处，梦已逃离
喑哑的风声里，
挤满了逆行的灵魂
夜正惆，这凉薄的人间啊
可有人温一壶东坡的月光，
以慰我今生的悲喜

在林中画画

这个下午，秋风携带阳光
投出生灵的影子
我在南山的林中画鸟儿，
画到最后一笔，鸟儿飞走了
我继续画草木，画溪水，
画漏在小路上的金子……

起风时，我拾起一朵
断了根茎的陶菊
它不喊疼，向我，也向秋天
狠狠地笑

这寂静的美，紧紧地包裹着我
我是如此信任它的真诚
就像回到了自己一万年前的家
闭上眼，允许它轻拂
发梢上的微尘

天末凉风未起时

用二十一克的灵魂，驾驭
一个平凡的限量版躯壳
所以，构成我的元素，
远不止地，水，火，风

我想我与童年野地里，
那些漫天漫地的龙葵草，
马齿苋……
没什么不同
只是它们比我更自由，洁净

我的到来，打破了一群灰喜鹊
在河边那场盛大的欢聚
它们拖起长长的尾巴，惊慌起飞
逃离，到另一个小千世界

坐在一块雪白的石头上，
见从《诗经》里走出的水境草，
出落成娇俏的少女
她用明艳鲜黄的衣裙，帮我打捞
一千年前那个青苔暗滋的小院

那时院子里有棵柿子树，
绿叶婆娑，缀满金黄色的果实
整个下午都是宁静的，
关于秋天的那些文字，从未提过
天末凉风

秋音

八月，我告别地上的
千千萤草，去云里寻梦
光波所至的映像里，
看不见一株熟悉的草木

西风说世事唯秋伤最凉，
月亮之上没有人间
我心中那抹永恒的青翠，
也只是贫瘠之地生出的碎影

宇宙间，空气变得稀薄
我的心脏逐渐干瘪
这时月亮轻盈地朝我走来
从怀里捧出一杯清酒，
浇活，竹林里的琴音

晚归人

九月，高举一朵鲜活的玫瑰
每向我靠近一步，
就褪去一瓣泣血的红

这秋风绵密，我分不清
天空与海的颜色

只等众神，小心翼翼
在残垣中备下一场好雪

那在风雪里晚归的人啊，
直呼我瘦弱的名字，
推门进屋，斟酒上炕……

向我敞开漂泊一世的灵魂，
谈起，这一路上满山的梨白

人间清醒

尘世里的灵魂，
大多惜月坠花折
惊昆山片玉
却极少镞砺括羽，傲霜斗雪

那不可一世的雪啊
它们的白，来自
比昆仑山还要高的天宇之外
于是它们居高临下，以白抵青

大雪之下，人间的草木
看上去如一排排死人的骨架
时光的水已将我冲干洗净
净到足以让我看清
那些如蚁附膻的卑劣

装神弄鬼的声音在大喊，
忘了你来人间的使命吧
八条尾巴的狐狸在抵死祭月
不明所以的星星们，
在黎明前投湖

我默默收起破碎的荒枝枯败
用发黄的诗稿作底柴，
烧掉一整个冬天的残雪
从心底萌发出春天的新绿

在江川湖海的水面上写满文字
潜入水底，倾听自己心跳的回声
我从不怀疑，太阳的伟大
会成为一场骗局
就像从不怀疑，
人间就此缺失了清醒

无耻地掠夺

我怀疑我是个孤行者，
厌倦嘈杂的地方
尤其不喜被污染过的土壤
和空气

我从不刻意讨好太阳，
但太阳每天都朝我微笑
我更不会为僵尸啃咬过的
一些植物，
去伤了十二月里的某段神经

可还会有一些无聊的幽冥，
坐在几把空空的椅子上
一边朝我大喊太阳的傻
一边无耻地掠夺，
我怀里那把冬青的种子

青玉案

我血液滚烫，
暖了一块宋代的青玉

它玉骨冰心，
讨厌那些疯长的世俗根系
它钦佩我脉络分明，
就连血管里的岔路，
也标明了灵魂的出口

可是昨夜它与我说，
我的血里多了海的咸涩
岔路也变得拥挤

那些在前朝死去的紫菊花儿
正在路口排着长队，
邮寄对人间的思念

于是天亮后，青玉哽咽着
跌出我的身体

沿着雪山路歌唱

如果你正经过一座雪山，
请放缓脚步
小心踩疼雪痕印成的诗行

我深知，每一片雪花
都保持自己的姿态与个性
存在不同方向的苏醒与消融

那一万条不同形状的雪山路
在天地间自由盘旋，交叉
似乎比人类，
更具至高无上的智慧

一些人从路上走过，
另一些人从路上走来
日暮时，我看见
那一串串潮湿的脚印缓慢站起，
唱着歌，爬上山顶

醒着的耳朵

在这北国冬季的
苦寒之夜，
我身体里燃起一把无名之火
焚毁，来自四肢百骸的
疼痛与挣扎

好想躺在一片冰冷的雪地里，
长情地望着天上的月亮
给身体降温，许灵魂泅渡

腊月初的新月，被寒风
削瘦了骨架
与这人间的凉薄刚好不谋而合

我用冻僵的双手扒开冰屑
醒着的耳朵，贴近
大地被冻裂的伤口
倾听一场震耳欲聋的万物复苏

百年孤独

他们把长长的舌头伸出来，
打成结
用谎言，抹平良知
坐等我在现实中挣扎，沉默，
腐败成一片秋天的残叶

这一百年里，我一直住在树上
时常透过浓密的枝叶，
看天边暗涌的云
我的骨头，偶尔会被蚂蚁噬痛
但从不叫喊

黄昏时，我走回小镇
用那根长长的舌头做了秋千
祈祷风不要停，让他们睁眼看着
那些思念春天的落叶，
是如何化成蝴蝶的

以地为囚

总觉得，草儿绿得孤单
柿子红得孤单
太阳亮得孤单
它们却都笑我闲得孤单

我咀嚼生命里致命的悲哀
在这卑贱的世界上，
做着最伟大的梦

神明，把我锁在
这个叫地球的弹丸之地
让我灵魂的微光重启

我每夜以血祭爱，与星拜月
把伤痛埋在隔年的松下
等苦难溢出瞳孔，
爬出人间的囚笼

涂白

这世上，有多少空洞的躯壳
与炙热的太阳重叠
没有血肉，只投给大地
黑色的影子

夜里，他们脱掉厚重的皮囊
把二百零六块骨头，卸在
一口深井的边缘
从不谈，故乡和远方

每到这个时候，月亮
总要修建一间密室
把莫迪里阿尼的意象，挂在
一堵斑驳的墙上
女人眼里的空洞，会被再次
涂上新鲜的白

香根草

我是万年溶洞里的香根草
曾被游走的火焰，
一次次堵住张开的嘴巴

那里贫瘠，紧实的土地
赐给我活命的勇气
如同喜马拉雅山，
收留洁白的雪和流浪的斑羚

佛主说，这个世界
本就是梵天里的一场梦
可包容，无限凌乱的梦想

于是昨夜，我梦见
我变成一只小猫在阳光下打盹
紫色的小花，盖住我粉嫩的鼻子
微风中，花儿轻轻摇曳
散发出月亮的清香

梦里的小路

火红的太阳，
渲染着灰色的天空
没有光芒，只留意象

厚重的石头墙
涂满不知所云的彩色文字
白石下的青草顺从地低着头
不争，也不吵

青色的小蛇，
口里衔着一朵莲花
一小袋种子里，
藏了块沉甸甸的金子

还有那些白色的流光啊
它们打算掠夺人间的慈爱
和一块蒙了尘的玉观音

远方听不见流水的轻喘
唯有一条蜿蜒的小路，
不宽也不窄，湿漉漉
布满青苔的春色，
妥妥地躺在我的梦里

听诗的妈妈

清晨时分，我轻读诗句
给妈妈听
阳光穿过窗户，
洒落在她的脸上
如金子般闪耀

夜晚降临，我低声吟咏
给妈妈听
月光洒满屋檐，
倾泻在她的身上
如梦一般轻柔

妈妈虽然不会写诗，
但每次我读诗给她听的时候
她的脸上，总会绽放出
如太阳般灿烂的笑容

她的嘴角微微上扬，
弯成新月的形状
那是她对诗歌最高的礼赞

冬至，春的召唤

我凝望太极图上，
最底下的那个点
六阴齐，四时已尽
一阳生，否极泰来

冬至，一个被中国人
视为大如年的日子
无数的生命，在人间最长的夜里
找寻轮回的起点

冬天在心窝里，
捧出对时间的贞洁
冰面下的鱼儿，
苏醒了一江春水的相思

尘世间的万物，
在阳光里打坐，不慌不忙
静待一场春的召唤

小寒，无声的情绪

小寒，是冬天的
一种情绪
沉默在冰冻的山河里，
拧不出半滴清泪

老树的秃枝，在雪里
无声倔强
寒风中的花草，
蜷缩着身体无处可逃

一些微小的生灵，
把生的希望深埋地下，
思念春天

我坐在光阴里打磨执着
看生命里的滚烫，淌进
无垠的诗海

腊八节，真好

中国人把十二月祭众神
称之为腊
腊八至，新岁期
心中要装满虔诚，取香谷之果
汇八方之福，造粥供佛

佛粥、五味粥、七宝粥、福寿粥……
哦，中华大地上
南方，北方这众多的粥啊，
汇成一碗爱意浓浓的"腊八粥"

舀一口放在嘴里，暖了人间的胃
淡了山河的远
那灶膛前的雾气缭绕，唇齿留香
是亲人之间最美的祝福

就连天上的月，山谷的风
海底的鱼鲜似乎都在大声诵着
爱你的诗篇

所以我站在落雪的人间说，
这一切，可真好啊！

小年，那明亮的酒杯

小年，是遮在春天头上的
最后一层薄纱
黎明时，我依稀可见
青山暗约了东风
在朝晖渐现处垂目含情，
抽出，身体里隐隐的灰绿

雪化的声音巨大，震碎
冬天里蝴蝶用玻璃做成的翅膀
那些银白色的细屑纷纷扬扬，
在千家万户祭灶的烟火中
摸爬滚打，尽数归于尘埃

女人做了新发型，
把纪梵希的香水轻掸鬓间
犒劳当下心无禁忌的清闲
孩子放下课本，
在一小块灶糖的快乐里
寻找短暂的富足
男人举杯，敬天敬地
敬高堂的老者

哦，这被岁月打磨过的人生啊
一岁连着一岁，一年又过一年
让种在人间的梦想野蛮生长
小年的酒杯明亮，装满
每一个追梦者的前途无量

归隐者的告白

大寒的移情别恋

捂紧，人间最冷的使命
于年之末的信仰里，
孕育出冷静的岁月之光

转过日暮的橙红，
听见山海之誓在耳畔坚定
无数蝴蝶残落的翅膀，
飞进更远的故乡

冬天，与我谈起时令过境
我渴饮冷风，却在红尘的道场里
着了爱的魔力

今夜我将告别雪的深情，
轻吻春天，擅自
把纷红骇绿的梅丛放回南山

元宵节的月亮

我知道，你听惯了
山谷里的风声
怜够了人世间的悲悯
元宵节之夜，你轻剥云朵的霓裳
一挥手，把半缕清辉
洒进夜归人的故乡

我约了三月的桃花，与你叙旧
你说你是亘古不化的冰寒，
却不可负我无疆的春意
倘若每一朵桃花，皆可入酿
你要陪我醉到天荒地老

我轻拍颅顶的悲欢，
把月亮挂上金字塔的第三层
亲爱的，请亲吻
我颊上微醺的绯色
在这北国春寒料峭的夜空下
让我与你续一场，亿万光年的
旷世绝恋

归隐者的告白

奉国寺，佛光普照

七尊巨佛，在古旧的莲台上
垂目打坐
尘世里的人俯下身躯，三叩九拜
把内心的虔诚，就地磕进长头

这千年古寺里的慈悲，
浩瀚，沉睡着孤竹古地的残梦
三燕旧国的兴衰

我听见白马落在驮经古道上的蹄声
清脆嘹亮，如春风里的碎玉
融入咸熙院的钟鼓

我看见佛主眉间之白毫相放光
照三千大千世界，靡不周遍
抬头合掌，那梁架上的"佛光纹"
祥光熠熠，永不褪色

哦，这千年的奉国古寺啊
朝更几代，亭台几新？
那些被世人埋进经文里的苦难
可曾都刻进了古旧的碑砖？

香烛梵音里，佛主的慈祥庄严平和
青灯黄卷下，古寺历经千载的悲喜
化成一场曼陀罗的花雨
和着雄殿九间的积尘飞扬，
万相生辉

余生的路，从容坦荡

我从不向荒野里的月亮，
乞讨光明
愚蠢到泪流满面，深知泪水
冲不走人间的悲苦

我本自具足，内心升腾着
太阳的火热
却永远拒绝草木的跪拜

这样的我，他们说从不认识
他们只把我当成
南山最卑微的尘土，
或是春风里最弱小的花

我把一些漂亮的文字，
嚼碎，吞咽
不允许我的诗里有半分的华丽
与那些在我面前浮光掠影，
口是心非的人挥手而别

用内心的空灵描绘山河的脉络
流落人间的双足，
一步步走好余生的路，从容坦荡

走出冬之漩涡

冬天，是一个盛大的漩涡
卷走万般荒野乱斗的残碎
雪中的松柏青翠，
躺在一首新诗的诗眼里，
幻想与腊月的梅花儿私定终身，
夜夜同醉

欢喜的女人，把一缕茉莉的花香
糅进华丽的清晨
那时光里的炉火正旺，
只消一盏茶的余温，
便暖了万里挑一的灵魂

人间有太多的柔软，
擦亮如璃的青空之镜
放了荒的灵魂逃出旧岁，
在春天来临的前夜，
抱紧，一束黎明的微光
喜极而泣

人间事，不问过往

身体中，有一些
斑驳的老锈
被掏出来，拿到晴日曝晒
它们从沉默到死去，
只消一秒
过程中没有喊叫

日暮后，我摊开
它们被晒干的尸体
寻找开在夏天的第一朵忍冬
那颗稚嫩的心啊，
曾与它彻夜流浪

风起的荒野中，我久久伫立
忽觉足下生起滚滚浓烟
看见成群结队的枯草断茎们
哭喊着闯进流年的烈焰，
再难超生

时空隧道

日落之前，我把一本泛黄的书
卷成隧道的形状
让秦朝的剑客，提着剑
把守一侧，与时光对峙

星移物换，我抬头
看见天空似乎一直都是空着的
只有太阳，白白照着我微闭
又睁开的眼睛

月亮升起时，几只幼鸟飞出隧道
用淡黄色的喙，依次衔出
书上跳跃的文字
剑客突然双膝跪地，饮泣不已
双手托剑过头顶，奉给年迈的老人

这时，天边有颗金色的星星
尖锐地亮着，我突然想起自己
曾是那么丝绸般柔软的婴儿啊

祈祷

建筑，宏伟高大
没有四季，感知不到温度
靠近恒河边的一排石径上，
矮桌，有序摆好
一众菩萨依次就列
诵千经，打长坐

无垠的天幕，纷纷
落下众生离苦得乐的诉求
和佛主无量的慈悲
人间的厚土里传出生长的巨响
一茬茬智慧的草，
绿出恒河的彼岸

醒着的人，再也爱不起
深沉的颜色
把无数白鸽的翅膀，
挂上近处房屋的脊背
和远处巍峨的山峰

玄境之舟

静谧的湖水里，洒满
金色的神秘
是谁一汪无垠的慈悲？
空灵的音乐，
在湖面上宛转且悠扬

湖的两端，飞起一座
如虹的山脉
湖面，瞬间被隔成一轮
金色的月亮，熠熠生辉

一艘漂泊的小舟
在水上若隐若现，若来若去
无所从来，亦无所去
于时空之源，幻化成一个
金色的点儿

梦见曼陀罗

我喜脚下的路，
宽如海阔，长通古今

我慕树上的花，
色如桃面，大似碗盖

我惊眼前的人，
颜如美玉，姿若仙子

我看见，铺天盖地的曼陀罗
和花树间温和的象群

我看见佛主的慈悲，化成
湛蓝色的湖水，
和湖面上映出的淡紫色霞光

我从梦中醒来，心无挂碍
忽觉身在红尘亦如一梦

故知般若波罗蜜多，能除一切苦
真实不虚

第四辑　归隐者的告白

春晓

时光，是一条沉默的河
河底沉睡着我灰绿色的童年
在你宽厚的肩上，缓慢升起

哦，父亲
我眼底有几片顽劣的雪花
正告别昔日的料峭，悄然
飘进三月的白

你说那个剔透玲珑的百花球里，
藏着无尽的魔法
可驱散我今生的苦难
我把它高举，让头顶的神明见证
你给了我这世上最美的春天

哦，父亲！
此刻你躺在一座
黛色的青山里沉睡
梦里，可有磅礴的月色
和烈日下的花朵？

那个曾被你托举过的生命，
正把一弯新月揉成春草的明绿
种进你巍峨的枕边
这人间的春天啊！已再次破晓

黎明前的疼痛

黎明，是太极图上
被锁在黑白之间的一条线
拉紧它，扭曲了宇宙的脸
天下就此被分成了
两个不同的世界

那些趴在臭泥坑里的虫子和野鸡
从未见过金龙和彩凤的模样
黑，巧妙地掩盖住了
它们那自以为高贵的肮脏与卑劣

用一束阳光落地的脆响，击碎
自己的一只耳朵吧！
假设这个世界里，
从来没有过雪的清明

快看那些高台上璀璨的光华
恍若隔世的秋霞，
迷离成疼痛的绚丽
我取下烁明的繁星捣成粉，
和着一生的骄傲，抹平岁月的伤

被囚之鲲

我被囚在，一座大山的
石洞里
一箪一瓢，简居陋室
目不及天，耳不闻韶
不知岁月长短，四时更迭

他们叫我坤子，或鲲子，
或琨子……

至亲押解我，在洞内
漆黑且狭长的河道上行走
一不小心，踢落了
三足蟾仙的金冠

如此弥天之罪，引众神
狂怒，死生，命也
推我落人间之渊底

我携满腔愤怒，不甘地啼哭
坠落中，借旷野之风
在碧色的晴空下，悄然
长出一对鹏的翅膀

成长

不会飞的鸟儿，
和刚出生的婴儿
他们，都不被允许
在时光里久坐

日月星辰，山川草木
一次次向他们发出生命之邀
那些曾被搀扶过的灵魂
用活着，临摹
鸟巢和饭碗的形状，变得强大

我紧闭双唇，站在
一面巨大的镜子前
送最后一声蝉鸣坠入虚无
于旷野之息寻找自己的天空
迎着风，一梦百年

长出深海的山

我铭记，每一个
关于春天的呼吸
不顾及心底的伤口，陡然绷裂
淌出一摊绿色的脓血

我喜欢一切空中的意象，
偶尔在体内赡养几只自由的白鸽
与太阳，交换一些过期的云朵

我是一座从深海里长出的山，
世人嫌我一生凉薄，
又妒我可以肆意地青翠

我从三月的风声里，
听出了海的悲恸
用一腔热忱温暖故乡的春天，
从此精心雕琢千疮百孔的记忆，
再不与人讲任何沧桑

巷子里的时空之旅

我在一条熟悉的巷子里
行走，步履如飞
像一缕春天的风，穿过
隔世离空的红颜

拐角处的炊烟袅袅，
为青灰色的草木，罩上
一层柔软的朦胧

阳光，俏皮可爱
把过往行人的脸
当成各种质地的画布，陆续
涂抹出不一样的花朵

母亲的慈祥厚重，在我的身后
铺成一片深沉的海
我在层层叠起的海浪中，
登上旋形的高台

转身时，林中的白鹿
披着雾气归来
与我对望
那眼底的清澈如水，赡养了
我这一世，未曾改色的心

细嗅花朝

早春的阳光，明媚
高过城市里一层层叠起的喧嚣
南山以东，沿着
河堤纤长的腰线远行
薄冰自瘦，隐约现出水草的青绿

慵懒的风，划过柳树木讷的枝条
追逐远山的淡影
只一会儿，内心就挤满了
泥土忽明忽暗的疼痛

尘世里的芬芳寡淡，
野草的种子们冲出寂寞的禅关
呐喊，把铿锵写进巍峨的山野
正待施一场春色无疆的魔法

我搬来一整个人间的柔情
约白鹿穿过花岗，
将一川溪水的神秘
隐于半弯新月
采撷意中人的香吻，细嗅花朝

春色滔天

二月初的黎明，
几条顽皮的白龙飞出东海
化成清风的模样，
逐条穿过西窗的光影

我在春光里采撷大把的告白
深陷，有你的世间
把天地万象装进宽大的行囊，
跳出尚未解除封印的结界

星河万里的路上，我满怀爱意
尝试触碰山河多情的眉眼
把无数个黄昏的橙色，
酿成片片桃花的绯红

三清山的岩，武夷山的茶，
白墙黛瓦下，
那摇曳在雾霭里的金黄明绿
这个春天，有数不清的呐喊
正冲出路遥车马慢的光阴

我掌心相抵，
只用细碎的阳光作笔，
十里的花色研墨
让乘物游心的灵魂，
涌出青色的火焰
撕碎苦难，照见滔天的春色

雨水穿过谁的春天

南山的雨，落在
"雨水"来临的前夜
那些打山的风，疯狂嘶吼
无所顾忌地遣愁索笑

我拭去眼角的积尘，
在时光的背面
筑起一座缄默的殿堂
一些多余的记忆被拎起、揪出，
落草为寇

雨点儿把初吻，嵌在
透明的玻璃上
散成一朵朵白色的云
我隔着窗，看见薄雾
给远山披上一件浅淡的袈裟

这景象，多像我在尘世里
未曾醒来的梦
虚幻得美丽且真实
恰如一场花开，
绽放出含蓄而又深沉的春天

生在心尖上的红豆

心底的景万般皆你，
一树迎春，两株桃红，海棠，
蔷薇，绣线菊……
它们抓住春风的柔软，不依不饶
次第而发

人间的生命千姿百态，从北向南
巍峨的山峰，无垠的旷野
是它们生而所赴的天堂

从南向北，混沌的悠远，
碧蓝的宁静
滋养出它们潇洒不羁的天性

你说如此多的众生，皆不是你
你是独生在我心尖上的一颗红豆
垂首缄默，只听
我累世的心潮起伏，渡你轮回

春天，放逐一只黄色的小鸭

三月，你托跋山涉水的雁
捎来一场浩瀚的春色
从一条青玉葵花的锦带里，
淌出烟雨江南的记忆

我目睹了那些前朝的金簪，
玉佩，还有凤纹的帔坠……
就像目睹了一场桃李的兴亡
历史的天空，忽而被春风打开
闪耀了那顶十二旒玉珠的冕冠

我轻抚古老的宫墙，
那层层的斑驳已爬满
无数青苔的尸体
我说我不要凤冠霞帔，
不要金丝掩鬓
只想放逐一只黄色的小鸭，
重回青绿的春河

诗人的无欲不欢

人间的雾霭里，包裹着
万物的灵魂，我微弱的目光不及
只用心念叠起一些长短不一的句子
磨出刀锋，拨云破雾

世人说这是诗的山河，
可是诗人的世界里不只有山河
还有以笔为刃的江湖，
和脉搏上偶尔跳动的月亮

我眼底藏着一只碧蓝色的蝴蝶
它见证我吞下一个个日落，
又吐出一条条黎明的缝隙

阳光在大片大片的田野里倾泻，
陪我走过无数维度交汇的地方
而你像风，迎面吹过我温湿的嘴唇
亲切而又自然

我皮囊之下的火焰，在月光里
披上圣洁的铠甲戎装
只等眉间的春雪落下，与你一起
焚花，湮春，无欲不欢

相约，一万年后的春天

远山的淡影如昨，春深处
升起一缕黛青色的相思
我站在一万年后的春天，
回望那长满青草的旷野

太阳的眉眼斜过，把我的皮囊
涂上一层亚橘色的光
江水澄清，映出乌骓马的鬃毛
在风中凌乱，
潦草地编出月的轮廓

我用松花酿酒，春水煎茶
撷桃李两枝，封缄你多情的唇舌
斟温酒半盏，慰藉你锋利的骨骼

直到柳枝柔成了水草，
青鸟的鸣叫扯下云的霓裳
身体里比血液更深的澎湃，
湮没了又一个万年的春色

梦里的故乡

母亲将我初时的身躯掬起
放逐进人间的沟壑

一些长不出心肺的草
在一场春雨后绿出了天际

它们或许也渴望，在梦的一隅
看萤火虫提着一千盏灯笼，
飞进烁明的星光

舀一勺老屋前的土，奔忙他乡
倦意，在梦里靠上儿时
斑驳的旧墙
思念趁着春光有力猛长

立在草尖上的露珠儿，明亮
成月的模样，照进
世上一百个母亲被揉碎的心

清明，悲恸里的自由

四月，眼底有一汪
湛蓝色的海水
被活着的人，双手捧进
杏花微雨的黄昏
反复共鸣于时间的岩石之下

雏菊，百合，玫瑰，
天堂鸟……
那些数不清的花朵被捆扎绳绑
簇拥，在墓碑的一角
看春风里的香火明灭，
雪山高出天堂

我灵魂里的伤口，
已被万物填满
再也淌不出鲜红的颜色
只在雨后的石阶上，刻出
生锈的星星
于大地无比悲恸的雷鸣前
飞升成野草的姿态，尽显自由

父亲的坟前

在父亲坟前磕完头
我看着碧蓝色的天空，
清澈而高远
努力用一种圣者的情怀，
去看清这个一直令我懵懂的世界

闭上眼，听见空山松子的私语
把半缕幽香融化在一首诗里
花朵们在奔赴春天的路上尖叫
几粒鸟啼生涩，落入思绪
活着的人感受这一切，无法言说

父亲坟前的酒香啊！
弥漫着淡淡的哀愁
哦，父亲！我们的生命
正被岁月雕刻得纯粹，只剩感激
如同此刻对您炽热的怀念，
借用了一整个人间的天空，
艳阳高照

为落雪的文字更上春衣

一些落雪的文字，
游荡在流年的怀里
它们带着无声的倔强，看这场
红尘百戏，经年不辍

我仰躺在杂乱堆叠的人间，
灵魂里烙着神的印迹
那苍月下一骑绝尘的背影，
幻化半个素未谋面的人生

思想里有流动的赤红，
在两座高塔之间，可升出
火焰戎装的圆满
就用它炸开一片旷野丘山的绿吧
为那些落雪的文字更上春衣

醒着

他说每个初醒的凌晨，
是人类灵魂最接近天堂的时候
耳边偶尔会响起的微响，
是一些事物被拉扯后断裂的喊叫

这个人间有黏稠的虚假
迫使一种"光"会说话
它用本色的质朴
包裹某种命定的疼痛

昨夜他倒了半杯啤酒给我
我总觉得那些琥珀色的液体
从透明的杯子里淌进我身体之前
也是有生命的

后来，我躺在床上睁着眼
好奇仅那么一小块屋顶
竟能遮住亘古不灭的星月
而此时的我，多像
清醒着躺在一座自己今生的
棺椁里

直到凌晨，飞过窗前的鸟儿
又叫醒了我梦里
一重又一重的南山

**盎
然**

我允许十月的枫林，
燃起一团火
不拒绝毁灭南山的赤红，
让一只金色的凤凰在浴火中涅槃

你笃定，我的内心
可装得下满城的春光
灵魂里的滚烫，井喷出窍
可媲美四月里怒放的牡丹

我把心脏贴近一棵老树的新绿
期待你沐着细细的春雨，
打马过江，蹂躏，
撕碎那一整个前朝的江山

哦，亲爱的！
我听见岁月的锁孔里
有转动的声响，细小微弱
虚浮的牢笼空空如也
南山，长出我鲜活的盎然

开出大地之外的杏花

我一直喜欢春天的杏花，
和正午的阳光
它们让我对人间所有的为时已晚
都充满了，恰逢其时的希望

此刻，我正把一勺杏花的娇羞
和半缕阳光的微笑，都冲泡进
一碗淡淡的香茗里
感受山的顶峰和湖的彼岸，
在我温润的唇齿之间，热烈激吻

傍晚之后的风，总是有几分君子相
欲填满我十万八千个梦的心房
寥落的星辰，与我耳语
嘿，心尖
我们才是你开出大地之外的杏花

与你住进春天的花里

我偶尔会在春夜里，
听见一些桐花落地的声音
世间盈虚有数，春天
短得像一个长着青色翅膀的梦

我在梦里寻你，从不喜青纱罩面
那些黛山，白水，闪着光泽的大陆
还有打马而过的桃林……
都曾见过我月一样的容光

我看见上古的神树下，聚着
百万的幽灵
他们裹着松石绿的披风，用枯骨
在凤鸟背上撞出惊天动地的雷鸣

我说我要走出梦境之外的人间，
在这个春天找到一朵好花
让我的身体和灵魂都住进花里，
与你夜夜笙歌，再不问世事

鱼骨的爱

亲爱的，我想成为一条鱼的骨骼
穿过海的咸，越过风的寒

任岁月的锉刀把我打磨成
一个绝版的吊坠
用赤红的皮绳系好，
悬于贴近你心脏的地方

我的生命里住着海水的蓝，
灵魂中燃透火焰的红
它们激烈对峙，互不相让
让我在水深火热之中徒劳半生，
只打捞出一碗纯粹的白

嘘！等风声入海，桃红满枝
我要碾碎往生的脉络，
请明月照一场声势浩大的白头，
昭昭予你

余生愿做南山石

清晨，南山的鸟儿
鸣出一串细碎的金子
掷破光阴的秘密

这些年我取出身体里尖锐的痛
和浮华的云
把仅剩的苍白与宁静
涂抹在一堵干净的墙上

我在尘世里焚香，品茗，
读书，听雨……
用这具虚空之身，去迎接
若干个岁月的无常

我想在夏天的余晖燃尽之前
去摸一摸你即将要坠落的嘴角
然后请来几场狂暴的雨
把我打成一块雪白的顽石

见秋伤不语，远世事凉薄
直到命里的星辰唤我重回故里，
直到我在人间，找不到
任何一寸可以虚度的光阴

沉默

南山的芦苇，一夜白头
草木，簇拥白蝴蝶断裂的翅膀
沉默着端坐大地

今夜，我借杯酒收集疼痛，
寂寥，颓败，狂欢……
母亲说，比真理还真的是经文
比经文还重的是活着

我走过，一株花椒树的
荒枝咬绿，仰望
星光散落在五万首唐朝的诗里
把老旧的日子，拧成
一束银色的高洁，挂上树梢

雨夜沉思

那从三万尺高空，潜回
尘世里的雨啊
是谁允许你敲了我半宿的窗棂
把我从一个我拽到另一个我

我时常，穿行在低矮的世界
几只蚂蚁反复在晴日里，
向我炫耀它们洞穴的广博
一片树叶，也可遮挡我清澈的眼眸

我心底的浚壑，早已被
头半生里大小不一的疲惫填满
今生写出的文字，
也是为了来世的见字如面

我认为一场雨，
是在冲刷一个夜晚的漆黑
如同白天里的烈日，
扯开了某些晦暗的阴霾

天亮后鸟儿还会飞过天空
虫子爬出洞穴，
而人依旧行走在忙碌的人间

突然想起我父亲的脸，
被印在一列绿皮火车的车窗上
他说这世上没别的东西，
除了我手心向上接住的生活

无隔

南山，溪谷，桃林……
记忆深处，那一串冗长的名字
被架在垂死的喧嚣上烘烤

经筒，蝴蝶，廊外……
这兵荒马乱的人间，硬生生
把佛逼成了魔

光阴细碎，我在枯黄的叶片上
写尽今世的沧桑
像一颗自刎的星星，掏出
最后如炬的光
照亮，没有影子的自己

天亮后，我想我会是花，是树，
是天空，大地，是百足之虫，
崖间之果……
微笑着与宇宙融合，与万物无隔

蝴蝶的自述

我是庄子梦里的蝴蝶
曾落在他酣睡的鼻尖上，
测量世间清醒与沉睡的距离

他彼时鼾声如雷，
震碎了我鼓膜的一角
打开意念，我折返他的梦里
重启修复

他见我一身轻盈，欣喜若狂
从此便认定了他即是我，
我即是他
几千年来没人再说得清

从梦里醒来，忽见《庄子》
在我的书桌上悠闲
我只让它静静地躺在那儿，
怕打开，我又成了庄子的一个梦

归隐者的告白

归隐者的告白

踩着月季的花期老去
在一个空旷的午后
看大片云朵滚动着爬上山坡

那时候山顶有风吹来，
有人用爱编织起伏的绿色
一遍遍呼唤我的名字

夜晚，窗外闪着星星
我将漆黑的眼眸，白皙的手指
嵌进一枚陈年的硬币

然后站在天空下，张开双臂
以归隐者的身份告白
那面可以照进万物的明镜

一棵树的一生

早晨的阳光温柔，
使我眼前的风景旖旎
紫水晶的浮光，
游离天空之外的镜像里，
映出，我灵魂深处
扎进泥土的力量

风不动，幡也不动
我从不说遗忘，
却已学会平静地与时光
谈着和解
用碧绿的枝身，
堵住一些断裂的琴音

后来，我被种在
人间的某寸光阴里
不睡，也不醒，谛听落日的悲欢
安静地做一棵树
只不动声色地迎风而立，
就可以做完一生的梦